Dieses Buch gehört:

....

Die Deutsche Bibliothek – CIP-Einheitsaufnahme
Murphy, Jill:
Kein Stück Kuchen mehr / Jill Murphy. [Aus dem Engl. von
Britta Groiss]. – Wien ; München : Betz, 1995
ISBN 3-219-10610-2
NE: HST

Alle Rechte vorbehalten
Aus dem Englischen von Britta Groiß
Originaltitel »A piece of cake«, erschienen im
Verlag Walker Books Ltd, London
Copyright © 1990 by Jill Murphy
Copyright © der deutschsprachigen Ausgabe 1990, 1995
by Annette Betz Verlag im Verlag Carl Ueberreuter, Wien – München
Printed in Hong Kong
1 3 5 7 6 4 2

»Ich bin zu dick«, sagte Mutter Elefant.
»Nein, bist du nicht«, sagte Elefantchen.
»Du bist unsere kuschelige Mama«, sagte Elefantinchen.
»Du bist ganz in Ordnung«, sagte Elefantino.
»Mami wabbelt wie ein Pudding«, sagte Baby.
»Richtig«, sagte Mutter Elefant.
»Wie ich sagte – ich bin fett.«

»Wir werden alle gemeinsam eine Diät machen«, sagte Mutter Elefant. »Kein Kuchen mehr. Keine Schokolade. Keine Kartoffelchips. Kein faules Herumsitzen. Von nun an wird gesund gelebt.«

»Dürfen wir fernsehen«, fragte Elefantchen, als die
drei Elefantenkinder aus der Schule heimkamen.
»Ganz bestimmt nicht!« sagte Mutter Elefant.
»Wir werden jetzt alle eine ordentliche Runde
durch den Park laufen.« Und das taten sie auch.

»Was gibt es zum Essen, Mama?« fragte Elefantinchen,
als sie wieder zu Hause waren.
»Etwas gesunde Kraftbrühe«, sagte Mutter Elefant.
»Und ein Glas Wasser mit Appetithemmer.«
»Oh«, sagte Elefantinchen. »Wie ich mich darauf freue!«

»Ich sehe mir nur noch die Nachrichten an«, sagte Vater Elefant, als er hungrig vom Büro nach Hause kam. »Nein, das tust du nicht«, sagte Mutter Elefant. »Du läufst jetzt eine ordentliche Runde durch den Park, und dann bekommst du dein gesundes Abendessen – eine köstliche Sardine mit geriebenen Karotten.«
»Ich kann es kaum erwarten«, sagte Vater Elefant.

Von nun an gab es jeden Morgen ein gesundes Frühstück, und anschließend wurde geturnt. Abends wurde eine ordentliche Runde gelaufen, und dann gab es einen gesunden Imbiß…
Von Tag zu Tag fühlten sich Elefantenkinder und Elefanteneltern schrecklicher.

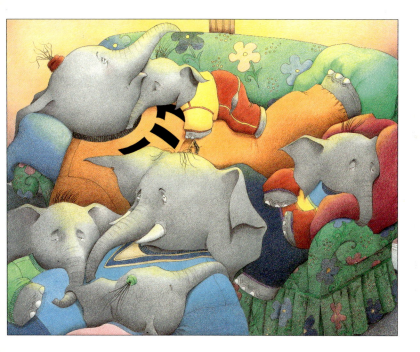

»Wir haben kein Gramm abgenommen«,
sagte Vater Elefant.
»Vielleicht sollen Elefanten fett sein«,
sagte Elefantino.
»Unsinn!« schalt Mutter Elefant. »Wir dürfen
nur nicht aufgeben.«
»Wabbel«, sagte Baby.

Eines Tages kam ein Paket an. Großmutter Elefant
hatte eine Torte geschickt. Elefantenkinder und
Elefanteneltern starrten sie an. Das Wasser lief
ihnen im Mund zusammen. Mutter Elefant stellte
die Torte in den Kühlschrank. »Für den Fall,
daß wir Besuch bekommen«, sagte sie streng.

Elefantenkinder und Elefanteneltern konnten nicht aufhören, an die Torte zu denken. Sie dachten daran, während sie die gesunde Suppe löffelten. Sie dachten daran, während sie den ordentlichen Lauf durch den Park machten. Sie dachten sogar nachts im Bett daran.

»Ich kann es nicht länger aushalten«, sagte Mutter Elefant zu sich. »Ich muß ein Stück Torte essen.«

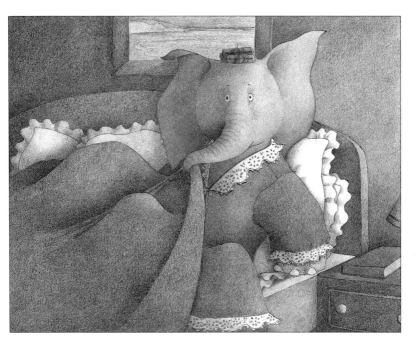

Mutter Elefant stieg aus dem Bett und schlich die
Treppe zur Küche hinunter. Sie nahm ein Messer
aus der Lade und öffnete den Schrank.
Nur ein einziges Stück Torte war mehr übrig!

»Ah-ha!« sagte eine Stimme. »Auf frischer Tat ertappt!« Mutter Elefant drehte das Licht an und sah Vater Elefant und alle Elefantenkinder unter dem Tisch versteckt. »Ein Stück ist noch da«, sagte Elefantinchen, um es Mutter Elefant leichter zu machen.
»Wibbel-wabbel«, flüsterte Baby.

Mutter Elefant lachte. »Wir sind alle gleich schlimm«,
sagte sie und aß schnell das Stück Torte,
bevor jemand anders das tun konnte.
»Ich glaube wirklich, Elefanten sollen fett sein«,
sagte Elefantino.
»Ich denke, du wirst wohl recht haben«,
sagte Vater Elefant.
»Wibbel-wabbel-wobbel-fett«, sagte Baby.

Dieses Buch gehört:

....

Die Deutsche Bibliothek – CIP-Einheitsaufnahme

Murphy, Jill:
Schönen Abend, Mama Elefant / Jill Murphy. [Aus dem Engl.
von Britta Groiss. – Wien ; München : Betz, 1995
ISBN 3-219-10611-0
NE: HST

Alle Rechte vorbehalten
Aus dem Englischen von Britta Groiß
Originaltitel »All in one piece«, erschienen im
Verlag Walker Books Ltd, London
Copyright © 1987 by Jill Murphy
Copyright © der deutschsprachigen Ausgabe 1988, 1995
by Annette Betz Verlag im Verlag Carl Ueberreuter, Wien – München
Printed in Hong Kong
1 3 5 7 6 4 2

Jill Murphy

Schönen Abend, Mama Elefant

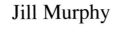

Annette Betz Verlag

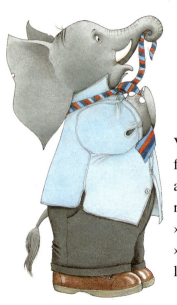

Vater Elefant machte sich für das Büro fertig. »Vergiß nicht, daß wir heute abend zu einer Party eingeladen sind, meine Liebe«, sagte er.
»Natürlich nicht«, sagte Mutter Elefant. »Schließlich freue ich mich schon so lange darauf.«

»Dürfen Kinder auch auf die Party?« fragte Elefantino.
»Nein«, sagte Mutter Elefant. »Die Party ist erst
spätabends zu Ende.«
»Aber was ist mit Baby?« fragte Elefantchen.
»Oma kommt und wird auf euch alle aufpassen«,
sagte Mutter Elefant. »Macht euch keine Sorgen.«

Oma kam zum Kaffee. Die Kinder waren bereits gebadet
und hatten ihre Pyjamas an.
»Malt mir ein schönes Bild«, sagte Oma zu den Kindern,
um Ruhe zum Zusammenräumen zu haben.
Mutter Elefant und Vater Elefant gingen nach oben,
um sich für die Party anzuziehen.

Elefantino schlich in das Badezimmer, wo sich Vater Elefant nach dem Bad rasierte.

»Muß ich mich auch rasieren, wenn ich groß bin?« fragte Elefantino und patschte Rasierschaum auf seinen Rüssel.

»Fort mit dir«, sagte Vater Elefant. »Ich will keine Flecken auf meine beste Hose kriegen.«

Baby kroch in das Schlafzimmer, wo sich Mutter Elefant vor dem Spiegel schminkte.
Baby war sehr leise, um Mutter nicht zu stören, und als Mutter Elefant Baby bemerkte, war es zu spät.

»Schau!« sagte Baby. »Hübsch!«
»Rühr dich nicht von der Stelle!« rief Mutter Elefant.
»Und faß ja nichts an!«
Draußen, auf dem Treppenabsatz, gab es ein großes
Hallo. Elefantinchen klapperte in Mutters schönen
Schuhen herum, Elefantchen und Elefantino probierten
aus, wieviel Spielzeug sie in Mutters neue
Strumpfhose stopfen konnten.

»Runter ins Kinderzimmer! Sofort!« brüllte Mutter
Elefant. »Kann ich nicht einen Abend für mich haben, an
dem ich nicht mit Marmelade oder Farbe beschmiert bin?
Einen Abend, an dem ich mein neues Kleid anziehen und
das Haus verlassen kann, ohne daß irgend etwas an mir
von euch bemalt, zerschnitten oder angekleckert ist?«

Folgsam gingen die Kinder zu Oma hinunter. Bald darauf kam Vater Elefant. Er war sehr flott in seinem besten Anzug. Zuletzt erschien Mutter Elefant in der Tür. »Wie sehe ich aus?« fragte sie.

»Wunderhübsch, Mama!« riefen die Kinder.
»Eine Wucht!« sagte Vater Elefant.
»Wie ein Filmstar«, sagte Oma.
»Hände weg!« sagte Mutter Elefant zu den
mit Farbe beschmierten Kindern.

Vater und Mutter Elefant verabschiedeten sich.
»Gute Nacht, alle miteinander«, sagten sie.
»Seid brav, Kinder.«
Baby begann zu weinen.
»Geht nur«, sagte Oma und hob Baby hoch.
»Baby wird gleich aufhören, wenn ihr fort seid.
Habt einen schönen Abend.«

»Wir sind entwischt«, sagte Vater Elefant lächelnd und schloß die Haustür.
»Und alles an uns ist heil und ganz«, sagte Mutter Elefant. »Nicht einmal einen Farbtupfer haben wir abgekriegt.«
»Für mich siehst du immer wundervoll aus«, sagte Vater Elefant liebevoll. »Auch wenn du von oben bis unten mit Farbe bekleckert wärst.«

Und damit hatte Vater Elefant ins Schwarze getroffen.

Die Deutsche Bibliothek – CIP-Einheitsaufnahme
Murphy, Jill:
Nur fünf Minuten Ruh' / Jill Murphy. [Aus d. Engl. von
Britta Groiss.] – Wien ; München : Betz, 1995
ISBN 3-219-10609-9
NE: HST

Alle Rechte vorbehalten
Aus dem Englischen von Britta Groiß
Originaltitel »Five minutes' peace«, erschienen im
Verlag Walker Books Ltd, London
Copyright © 1986 by Jill Murphy
Copyright © der deutschsprachigen Ausgabe 1987, 1995
by Annette Betz Verlag im Verlag Carl Ueberreuter, Wien – München
Printed in Hong Kong
1 3 5 7 6 4 2

Nur fünf Minuten Ruh'

Jill Murphy

Annette Betz Verlag

Wenn die Elefantenkinder frühstückten, ging es meistens unordentlich und laut zu.

Mutter Elefant holte ein Tablett und stellte ihr Frühstück drauf: Teekanne, Milchkrug, ihre Lieblingstasse, einen Teller voll Toast mit Butter und Marmelade und einen Krapfen vom Vortag. Sie stopfte die Morgenzeitung in die Tasche ihres Schlafmantels und schlich zur Küchentür.

»Wohin gehst du, Mama?« fragte Elefantinchen.
»In das Badezimmer«, sagte Mutter Elefant.
»Warum?« fragten die Kinder.
»Weil ich fünf Minuten Ruhe haben möchte«, sagte Mutter Elefant.
»Ganz einfach deshalb.«

»Dürfen wir mitkommen?« fragte Elefantchen.
»Nein«, sagte Mutter Elefant bestimmt. »Ihr dürft nicht!«
»Was sollen wir denn tun?« fragte Elefantinchen.
»Geht spielen«, sagte Mutter Elefant. »Und zwar ins Kinderzimmer. Und paßt auf das Baby auf.«
»Ich will nicht mehr das Baby sein«, murrte Baby Elefant.

Mutter Elefant machte sich ein gemütliches heißes Bad.
Sie leerte eine halbe Flasche Badeschaum in das Wasser,
setzte die Badehaube auf und stieg in die Wanne. Sie goß
Tee in die Tasse und lehnte sich mit geschlossenen
Augen zurück.
Es war himmlisch!

»Darf ich dir was vorspielen?« fragte ein Stimmchen.
Mutter Elefant öffnete ein Auge. »Muß das sein?«
fragte sie.
»Du sagst immer, ich soll fleißig üben«, sagte
Elefantchen. »Darf ich? Nur eine Minute.«
»Also fang an«, seufzte Mutter Elefant.
Elefantchen begann zu flöten. Er spielte »Alle Vöglein
sind schon da« drei und ein halbes Mal.

»Darf ich dir eine Geschichte aus dem Lesebuch vorlesen?« fragte Elefantinchen.
»Nein«, sagte Mutter Elefant. »Raus mit euch. Geht hinunter ins Kinderzimmer.«
»Du hast Elefantchen erlaubt, Flöte zu spielen«, sagte Elefantinchen. »Ich hab's gehört. Du magst ihn lieber als mich. Das ist nicht fair.«
»Also fang schon an. Aber nur eine Seite.«
Elefantinchen begann zu lesen. Sie las viereinhalb Seiten aus der Geschichte von »Rotkäppchen«.

Baby Elefant schleppte soviel Spielsachen an,
wie er nur tragen konnte.
»Für dich!« strahlte er und warf sie alle in die
Badewanne.
»Danke, Liebes«, sagte Mutter Elefant schwach.

»Darf ich mir die Bilder in der Zeitung ansehen?«
»Darf ich den Krapfen haben?«
»Darf ich zu dir in die Badewanne kommen?«
Mutter Elefant stöhnte.

Schließlich sprangen alle drei in die Badewanne.
Baby Elefant war so aufgeregt, daß er vergaß,
den Pyjama auszuziehen.

Mutter Elefant stieg aus der Wanne.
Sie rieb sich trocken, zog ihren
Schlafmantel an und ging
Richtung Tür.
»Wohin gehst du denn jetzt, Mama?«
fragte Elefantinchen.
»In die Küche«, sagte Mutter Elefant.
»Warum?« fragten die Kinder
wie aus einem Mund.
»Weil ich fünf Minuten Ruhe haben
möchte«, sagte Mutter Elefant.
»Ganz einfach deshalb.«

Und sie hatte drei Minuten und fünfundvierzig Sekunden Ruhe, bevor die Kinder kamen, damit ihre Mutter nicht so allein wäre.

Die Deutsche Bibliothek – CIP-Einheitsaufnahme

Murphy, Jill:
Ein Abend zu zweit / Jill Murphy. [Aus d. Engl.
von Susa Hämmerle]. – Wien ; München : Betz, 1995
ISBN 3-219-10608-0
NE: HST

Alle Rechte vorbehalten
Aus dem Englischen von Susa Hämmerle
Originaltitel »A quiet night in«, erschienen im Verlag Walker Books Ltd, London
Copyright © 1993 by Jill Murphy
Copyright © der deutschsprachigen Ausgabe 1994, 1995
by Annette Betz Verlag im Verlag Carl Ueberreuter, Wien – München
Printed in Hong Kong
1 3 5 7 6 4 2

Ein Abend zu zweit

Jill Murphy

Annette Betz Verlag

»Heute abend müßt ihr früh ins Bett«, sagte Mutter Elefant. »Papa hat Geburtstag, und er wünscht sich einen ruhigen Abend.«

»Können wir nicht aufbleiben?« bettelte Elefantinchen.

»Nein«, sagte Mutter Elefant. »Ihr würdet bestimmt wieder herumtrampeln wie eine Herde Elefanten.«

»Aber wir SIND eine Herde Elefanten«, maulte Elefantchen.

»Manchmal kommt ihr mir eher wie Frechdachse vor«, sagte Mutter Elefant. »Und jetzt beeilt euch. Es ist höchste Zeit für die Schule!«

Am Abend machte Mutter Elefant ihre Ankündigung wahr. Sie badete die Kinder und steckte sie in die Pyjamas – noch bevor sie ihren Kakao bekommen hatten. Sie zogen beleidigte Gesichter.
»Es ist erst halb fünf!« schimpfte Elefantchen.
»Es ist noch heller Tag!« rief Elefantinchen.
»Aber nicht mehr lange«, sagte Mutter Elefant ungerührt.

Nach dem Gute-Nacht-Kakao durften die Kinder doch noch eine Weile aufbleiben. Sie bastelten Kärtchen für Papas Geburtstagstisch. Dann räumten sie auf. Mutter Elefant seufzte und räumte noch einmal auf.

Vater Elefant sah müde aus, als er nach Hause kam.
»Wir gehen heute früher ins Bett!« rief Elefantchen.
»Damit du deine Ruhe hast«, sagte Elefantinchen.
»Ohne uns«, ergänzte Elefantino.
»Pssst…!« machte Baby Elefant.
»Der Geburtstagstisch ist schon gedeckt!« sagte
Mutter Elefant.
Vater Elefant ließ sich aufs Sofa fallen. »Das ist lieb
von euch«, sagte er, »aber ein Geburtstagstablett vor dem
Fernseher wäre mir lieber. Ich hatte einen schweren Tag.«

»Auch gut«, sagte Mutter Elefant. »Es ist DEIN
Geburtstag. Du kannst dir wünschen, was du willst.«
»Wir helfen dir!« rief Elefantino. Und so stürmten die
Kinder zum Schrank und zerrten zwei Tabletts heraus.
»Laßt mich die Tabletts herrichten«, sagte Mutter
Elefant. »Sonst muß Papa womöglich vom Boden essen.«

»Liest du uns noch eine Gute-Nacht-Geschichte vor,
Papa?« fragte Elefantino.
»Bitte«, sagte Elefantchen.
»Nur eine«, bettelte Elefantinchen, »eine klitzekleine.«
»… schichte, Pap…«, sagte Baby Elefant.
»Also gut«, stöhnte Vater Elefant. »Aber wirklich
nur eine!«
Elefantchen holte schnell ein Buch, und dann
kuschelten sich alle aufs Sofa.

Vater Elefant begann zu lesen: »Otto Bus fuhr aus der Garage. ›Hallo!‹ rief er Milli Milchwagen zu, die –«
»Ich mag diese Geschichte nicht«, maulte Elefantinchen. »Sie handelt nur von Autos.«
»Wenn du noch lange herumredest«, sagte Vater Elefant, »werdet ihr OHNE Geschichte ins Bett marschieren!«
Da waren die Kinder still und hörten weiter zu.

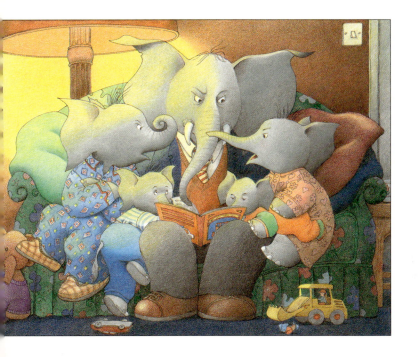

Plötzlich verstummte Vater Elefant.
»Lies weiter, Papa!« drängte Elefantino.
»Was geschieht, nachdem Otto Bus mit Emil Müllauto zusammenkrachte?«
»Gibt es eine Keilerei?« fragte Elefantchen.
»Schaut«, sagte Elefantinchen. »Papa schläft.«
»Pssssst!« machte Baby Elefant.

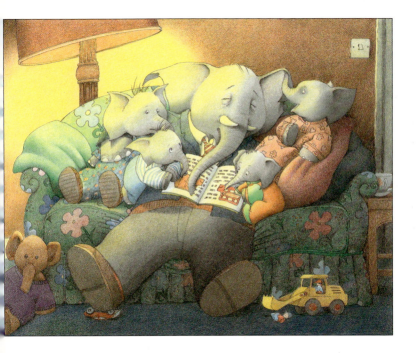

Mutter Elefant kam mit den beladenen Tabletts herein.
»Armer Papa!« lachte sie. »Wir lassen ihn schlafen, während ich euch ins Bett bringe.«
»Aber die Geschichte!« rief Elefantchen.
»Sie war noch nicht zu Ende!« sagte Elefantino.
»Bitte, Mama!« bettelte Elefantinchen.
»… schichte, Mam…«, sagte Baby Elefant.

»Also gut«, seufzte Mutter Elefant, »rückt ein bißchen.« Sie nahm das Buch und las: »›Hast du Tomaten auf den Blinkern, du dummes Müllauto?‹ schimpfte Otto Bus. In diesem Augenblick bog Olli Polizeiauto um die Ecke…«

Mutter Elefant verstummte mitten im Satz.
»Die Polizeisirene klingt aber komisch«, rief Elefantino.
»Das ist Mamas Schnarchen«, sagte Elefantchen.
»Und Papa schnarcht auch«, sagte Elefantinchen.
»Pssst!« machte Baby Elefant.
Die Kinder sahen sich an. Dann krabbelten sie vom Sofa, holten eine Decke und deckten ihre müden Eltern gut zu.

»Es ist wohl besser, wir bringen uns selbst ins Bett«, flüsterte Elefantchen.
»Und Papas Geburtstagsessen?« fragte Elefantino. »Es wäre schade, wenn es im Bauch von Emil Müllauto landen würde.«
»Ja«, sagte Elefantinchen. »Und außerdem wollten Mama und Papa einen ruhigen Abend!«
»Pssst!« machte Baby Elefant – und dann nahmen die Kinder die Tabletts und schlichen auf Zehenspitzen ins Bett.

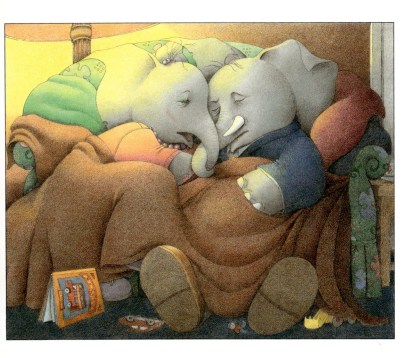